Chers amis rongeurs,
bienvenue dans le monde de

Geronimo Stilton

Texte de Geronimo Stilton.
*Basé sur une idée originale d'*Elisabetta Dami.
Collaboration éditoriale de Certosina Kashmir *et* Topatty Paciccia.
Illustrations de Topica Topraska, Mary Fontina *et* Johnny Stracchino.
Graphisme de Topea Sha Sha *et* Brigitte Torri Vaccà.
Couverture de Larry Keys.
Traduction de Titi Plumederat.

www.geronimostilton.com

Pour l'édition originale :
© 2004, Edizioni Piemme S.p.A. – Via Galeotto del Carretto, 10 – 15033 Casale Monferrato, Italie – www.edizpiemme. it – info@edizpiemme.it – sous le titre *Lo strano caso degli Stratopici Dieci*.
International rights © Atlantyca S.p.A. – Via Leopardi, 8 – 20123 Milan, Italie – www.atlantyca.com – contact : foreignrights@atlantyca.it
Pour l'édition française :
© 2010, Albin Michel Jeunesse – 22, rue Huyghens, 75014 Paris – www.albin-michel.fr
Loi 49-956 du 16 juillet 1949 sur les publications destinées à la jeunesse
Dépôt légal : premier semestre 2010
N° d'édition : 18477
ISBN-13 : 978 2 226 19361 2

Geronimo Stilton

BIZARRES, BIZARRES, CES FROMAGES !

ALBIN MICHEL JEUNESSE

GERONIMO STILTON
SOURIS INTELLECTUELLE,
DIRECTEUR DE *L'ÉCHO DU RONGEUR*

TÉA STILTON
SPORTIVE ET DYNAMIQUE,
ENVOYÉE SPÉCIALE DE *L'ÉCHO DU RONGEUR*

TRAQUENARD STILTON
INSUPPORTABLE ET FARCEUR,
COUSIN DE GERONIMO

BENJAMIN STILTON
TENDRE ET AFFECTUEUX,
NEVEU DE GERONIMO

J'ADORE
LE FROMAGE,
PAS VOUS ?

C'était un après-midi de février très venteux.
J'étais en route pour me rendre au bureau quand
je sentis quelque chose dans l'air. Intrigué,
je reniflai : oui, c'était bien... une odeur de
FROMAGE !

Au fait, je ne me suis
pas présenté : mon nom
est Stilton, *Geronimo
Stilton* !

Je décidai de suivre cette odeur à la trace.

J'*adore* le fromage ! J'en mange à tous les repas, c'est un aliment capital !

Je traversai en trottinant la place de la Pierre-qui-Chante et le cours Ratonard de Minci. L'odeur était de plus en plus intense, le fromage se rapprochait, je le sentais !

Je tournai au coin de la rue et me trouvai devant la porte d'une cave. Je déchiffrai un écriteau :

DÉGUSTATION GRATUITE
DE FROMAGES.
LES PREMIERS ARRIVÉS
POURRONT SE GOINFRER.
ALLEZ, DESCENDS
L'ESCALIER ET
GRIGNOTE !

Vous pouvez l'imaginer, une souris est capable de résister à toutes les tentations, sauf à celle du fromage…

Je me léchai donc les moustaches et chicotai :

– Dégustation gratuite de fromages ? *Miam…*

Je descendis l'escalier. Je débouchai dans une cave obscure, dont les murs de briques étaient marqués par le temps.

Au centre de la cave trônait une table de bois sur laquelle étaient posés **dix**, ou plutôt **vingt**, ou plutôt **trente** fromages divers qui dégageaient un arôme délicieux !

Dans un coin, un panonceau en forme de tranche de fromage, avec l'inscription

« DÉGUSTATION SURPRISE ».

Je me grattai les moustaches, perplexe.

DÉGUSTATION ?
SURPRISE ?

Qu'est-ce que cela pouvait bien vouloir dire ? Bah !
Je me reléchai les moustaches, m'armai d'une assiette
et d'une fourchette, puis m'approchai de la table.
Je murmurai pour moi-même :

– Savoir si je peux vraiment goûter gratuitement...

– **Évidemment que tu peux !**

Je regardai autour de moi, surpris. La cave était
vide. Pourtant, j'avais bien eu l'impression d'entendre une voix...
Je me re-re-reléchai les moustaches et m'approchai
de la table, en passant près du panonceau jaune.
Mais, soudain... la tranche de fromage m'agrippa
et me serraserraserra. Puis elle chanta :

– **SURPRISE...**

Maintenant, je vais te goûter ! Jolie souris bien
potelée, je ne ferai de toi qu'une bouchée !
J'avais l'impression d'être dans un cauchemar.
Je hurlai :
– Au secouuuuuuurs !

La tranche de fromage ricana :

– Ah ah aaah, voilà une vraie nouvelle : non pas...

« une souris mange un morceau de fromage » mais « un morceau de fromage mange une souris » !

Miammiammiammiam !

Soudain, je m'aperçus qu'une queue sortait du morceau de fromage.

Un petit clapet s'ouvrit brusquement.

– **Coucou coucou coucou !**

Je bondis en arrière.

– Qui-**qui est-ce** ?

Je vis paraître un rongeur au pelage gris smog, le museau pointu et les moustaches luisantes de brillantine.

Il me fit un clin d'œil.

– *Pssssssssit*, Stilton*itou* ! Tu as aimé la *'tite* blague ?

Je soupirai, résigné. Oui, je l'avais reconnu...

C'était **FARFOUIN SCOUIT** !

Il se débarrassa de son déguisement.

– Ha ha haaa, tu as aimé la *'tite* blague, Stilton*itou* ?

Je soupirai.

– Ne m'appelle pas Stilton*itou*, s'il te plaît. Mon nom est Stilton, *Geronimo Stilton* !

Farfouin murmura d'un air mystérieux :

– Stilton*itou*, j'ai besoin d'un *'tit* coup de patte pour résoudre une étrange affaire. Il s'agit d'un *'tit* mystère qui a un rapport avec le... fromage !

Je soupirai.

– Vraiment, je suis très occupé en ce moment, j'écris un nouveau livre, mais... d'accord ! Je te rejoins dans une heure !

Il sauta sur sa **Bananamoto** et démarra sur les chapeaux de roues en direction de son bureau, 17, rue des Spaghettis, dans le quartier du port de Sourisia.

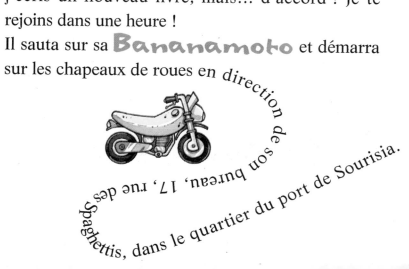

UN PETIT COIN...
VRAIMENT PUCEUX !

J'arrivai devant la porte de son bureau et frappai.

– Ouvre, Farfouin. C'est moi, Stilton, *Geronimo Stilton* !

Mais... un tas de croûtes de fromage rassises et puantes me tomba sur le crâne. Farfouin ouvrit la porte en ricanant.

– Eh eh eeeh, Stilton*itou*, que penses-tu de mon *'tit* antivol ?

Il renifla, satisfait.

– Tu sens comme ces croûtes puent ? Grâce à cela, je peux *dénigaudiser** le voleur même le lendemain : à son odeur... naturellement !

Je sortis du tas de croûtes en protestant.

– Mais je t'ai dit que c'était moi !

*Dénigaudiser : démasquer.

Farfouin ricana :

– Eh, *Stilton*, c'est vite dit. Mais si ce n'était pas toi ? Si c'était quelqu'un qui t'imite à la perfection ? Hein ?

Avec un geste de grand seigneur, il m'invita à pénétrer dans son bureau puceux.

Je trottinai sur son tapis puceux et m'assis sur un divan puceux.

Une puce sautilla effrontément sur un coussin puceux, sur lequel était brodé au point de croix :

> INSECTE L'ON NAÎT…
> PUCE L'ON DEVIENT !

Il désigna le coussin.

– Tu aimes ce *'tit* coussin ? C'est ma *'tite* grand-mère qui me l'a brodé !

Puis il chicota, satisfait :

– Je suis vraiment très attaché aux puces de ce délicieux petit coin puceux !

Boing !

Il appela :
— Priscille ! Priscill*ineeeeeette* !
La puce arriva en s@ut_ill@nt.
Il la salua cordialement :
— Salut, Priscille, ma puc*inette* adorée ! Tiens,
prends cette *'tite* miette !
Il lui lança une miette de biscuit.

— Je l'entraîne à me rapporter mes
pantoufles. Ce ne sera pas facile,
mais j'aime me lancer des défis.
J'étais ahuri.

— Mais comment fais-tu pour recon-
naître chaque puce ?
— À sa coiffure !
Il me tendit une loupe et me désigna une dizaine
de puces.
— Pucille a une *'tite* queue, Poussille a les cheveux
rouges, Ptitefille a des *'tites* boucles...
Mais, fidèle à son habitude, il changea aussitôt de
sujet et se mit à inspecter le divan et les fauteuils,
en jetant tous les coussins en l'air.

– Hum, c'est bizarre, je ne trouve plus ma *'tite plante grasse*...

Cependant, je m'assis sur un fauteuil de satin jaune sur lequel étaient imprimées des bananes bleues. Mais, une seconde plus tard, je poussai un hurlement :

– Aïïïïïïïïïïïïïïïïïïïïïïïïïïïïïïïïe !

– *Cornichouille**, elle était là, ma *'tite* plante. J'espère que tu ne l'as pas abîmée ! J'y tiens, c'est un cadeau de ma cousinette Scouittecancan !

Je demandai :

– Pourrais-je savoir, s'il te plaît, ce que tu attends de moi ?

Il ricana.

– Tu es *curieux* ?

– Oui !

– Très *curieux* ?

– Ouuuuuiiiiiii !

– *Curieux curieux curieux, hein ?*

– Ouuuuuuuuiiiiiiiiiiiiiiiiiiiiiiiii !

– *Très très très curieux ?*

– Ouuuuuuuuiiiiiiiiiiiiiiiiiiiiiiiiiiiiii !

– Mais tu es *extracurieux*, ou seulement...

Les moustaches vibrant d'agacement, je **hurlai** :

– Je t'en p-r-i-e, dis-moi ce que tu attends de moi !

* Cornichouille : gros benêt

19

UNE DÉGUSTATION DE FROMAGES

D'un air mystérieux, Farfouin sortit d'un coffre-fort… deux morceaux de fromage identiques !
Il goûta un petit bout de l'un, puis de l'autre, en marmonnant :
– Hum, c'est bien ce que je soupçonnais.
Puis il me tendit une fourchette.
– Goûte et dis-moi ce que tu en penses.

Cette fois, je l'avoue, j'étais vraiment intrigué. Je goûtai les deux fromages, l'un après l'autre.

– Ils ont la même couleur, la même consistance, le même parfum, le même goût et la même étiquette. Bref, ils sont identiques.

Il secoua la tête.

– *Ils ont l'air* identiques... mais ils ne le sont pas !

Il détacha l'étiquette et l'examina au microscrope.

– C'est une parfaite imitation. Seulement, au microscope, on peut voir une différence dans le filigrane du papier. Ce fromage est... FAUX !

Il ouvrit un fichier rempli d'étiquettes du monde entier.

– Quelqu'un passe son temps à falsifier tous les fromages : roquefort, saint-nectaire, gruyère, camembert, chèvre... L'industrie fromagère (c'est-à-dire l'industrie qui produit du fromage) va faire faillite.

Je chicotai :

– Un *faussaire en fromage* ? Intéressant, très intéressant. J'aimerais beaucoup faire un scoop làdessus pour *l'Écho du rongeur*. Je vais t'aider à enquêter !

Farfouin me raccompagna à la porte, en grignotant une banane.

– *Par mille bananettes !* Je passe te prendre demain matin !

En sortant, je vis qu'il se remettait au microscope pour examiner la fausse étiquette.

BOUTON BLEU
ET VERRUE VERTE

Le lendemain matin, au réveil, j'eus l'impression qu'un cercle de fer me comprimait la tête.

Je m'aperçus que j'avais de très fortes démangeaisons.

J'écoutai le journal télévisé en me grattant.

– Toutes les entreprises de Sourisia qui produisent du fromage sont en train de fermer. Ces derniers jours, le marché a été envahi par des millions et des millions de fromages frelatés !

Farfouin sonna à l'interphone.

– Stilton*itou*, je suis en bas de chez toi, je t'attends dans ma BANANAMOBILE !

Je descendis, et Scouit m'expliqua, inquiet :

– J'ai passé la nuit à examiner toutes les fausses étiquettes, mais je n'ai trouvé aucun indice !

Puis il changea de sujet.

– Mais savais-tu que tu as un **bouton bleu** sur le nez ?

Surpris, je me regardai dans le rétroviseur.

C'était vrai !

Puis j'examinai Farfouin et dis :

– Toi, tu as trois VER-RUES VERTES sur le museau !

Tout en parlant, j'eus une attaque de hoquet.

– Hic hic hic hic hic hic hic... hic !

Farfouin, lui, ne cessait de faire des petits rots.

– Burp! **Burp !** Burp!

Je sentis un tremblement de terre dans mon estomac. Et des gargouillis.

GLUBBB GRK NGNIK

Je regardai Farfouin et compris qu'il avait le même
problème que moi.
Un problème *très urgent...*

Vite, aux toilettes !

Nous nous écriâmes tous les deux en chœur :

– Vite, aux toilettes, tout de suite ! Maintenant !
Ça presse ! Immédiatemeeeeeeeeeent !

Heureusement, nous étions juste à côté de mon
bureau, et nous entrâmes au pas de course dans
l'Écho du rongeur en hurlant...

Viiiiiiiiiiiiiiiiiiiiiite !

Plaaaaaaaaaaaaaaaaaace !

Ça preeeeeeeeeeeeeeeeeesse !

Après être allés aux toilettes, nous nous éten-
dîmes sur le divan du hall, épuisés.

Chantilly Kashmir, ma rédactrice en chef, secoua
la tête d'un air inquiet.

– Ça vous arrive à vous aussi, hein, monsieur Stilton ? Cela fait une semaine que j'ai mal au ventre...

Margarita Gingermouse se poudra le bout du museau.

– Il ne m'était jamais arrivé d'avoir des **boutons bleus**, mais depuis une semaine...

Zap Fougasse s'écria :

– Ce soir, j'ai rendez-vous avec mon nouveau fiancé... mais j'ai une VERRUE VERTE, comment vais-je faire ?

Mon cousin Traquenard lui aussi était inquiet.

– Hier soir, j'ai mangé une fondue, mais depuis je passe mon temps aux cabinets...

Il partit comme une fusée, en déroulant derrière lui un rouleau de papier toilette.

– Excusez-moi, on se voit... après ! Je dois aller immédiatement aux cabinets !

Tout le monde le suivit en criant :
– Moi aussiiiiiiiiiiiiiiiiiiiiiiiiiiiiiiiiiiiii !

C'est alors que la radio annonça :
– Les urgences de l'hôpital de Sourisia ne cessent de voir défiler des rongeurs présentant de bizarres symptômes : *maux de tête, nausées, hoquet,* **boutons bleus** *et* VERRUES VERTES !

LES DIX
FANTASOURISTIQUES !

Bongo Disloque, le barman, entra en portant un plateau plein de tartines et de boissons.

– Que fête-t-on ? demandai-je, étonné.

Ma collaboratrice éditoriale, **Pinky Pick**, s'étonna :

– Enfin, chef, tu as oublié ? Aujourd'hui, nous fêtons les Dix Fantasouristiques !

Le barman Bongo Disloque

Je me tapai une patte sur le front.

– Ah, c'est vrai, les Dix Fantasouristiques : les dix lecteurs qui ont gagné la « Chasse aux mystères » !

La **CHASSE AUX MYSTÈRES**, que *l'Écho du rongeur* avait organisée au printemps, avait remporté un énorme succès.

Pour gagner le concours, il fallait résoudre plusieurs mystères et identifier le coupable. Les lecteurs qui y avaient participé étaient très très nombreux, tous excellents, mais, à la fin, seuls dix d'entre eux avaient été déclarés vainqueurs.

Les Dix Fantasouristiques entrèrent triomphalement dans la rédaction, sous les applaudissements.

– Bravo ! Bravoooooooooooooooooooooooo !

Je bavardai avec eux, en grignotant des tartines au fromage, et leur racontai que j'enquêtais avec Farfouin sur l'étrange affaire du fromage frelaté.

... Voici les Dix Fantasouristiques !

Fanny G.

Laure

Ariane

Paul

Éléonore

Nous parlâmes de livres, mais nous évoquâmes surtout l'enquête en cours.

C'est ainsi que je découvris qu'ils étaient *sympathiques*, mais surtout... intelligents.

Nous offrîmes une tartine de fromage à Ralf des Charpes, un de mes meilleurs amis.

– Non, merci, Geronimo, répondit Ralf. Hélas, je suis allergique au fromage ! Je n'en mange jamais !

– Bizarre ! m'exclamai-je. Tu es le seul qui n'ait pas de **boutons bleus** ni de VERRUES VERTES !

Les Dix Fantasouristiques s'exclamèrent :

– Hum !

Puis ils se mirent à comploter entre eux.

Avant que j'aie eu le temps de demander de quoi ils parlaient, je m'aperçus que je commençais à sentir d'étranges gargouillis dans mon estomac.

Tartine à la tomate et à la mozzarella

Pâle comme un camembert délavé, je dis à Farfouin :

– Je cours vite chez moi, je ne me sens pas très bien...

Farfouin était blême.

Il marmonna :

Tartine au saumon et aux crevettes

– Hem, tu veux connaître mon opinion, Stilton*itou* ? Moi aussi, je me précipite chez moi, parce que je dois faire quelque chose de très urgeeeeeeeeent !

BANANIAL !
ABSOLUMENT
BANANIAL !

Le lendemain, Farfouin vint me chercher à la maison. Nous allions partir quand nous vîmes arriver… les Dix Fantasouristiques.

– Pouvons-nous participer à votre enquête ? demandèrent-ils. Cette nuit, nous avons travaillé

sur l'affaire du fromage frelaté et nous avons recueilli des informations intéressantes !

Farfouin **marmonna** d'un ton dubitatif :

– Bah, voyons un peu ce que vous avez découvert ! Mais, si, moi, je n'ai rien trouvé...

Les Fantasouristiques répondirent en chœur :

– Nous avons consulté, sur Internet, les archives des journaux et aussi... mais voyez plutôt !

1. Dans la vallée Radégoûtante, au sud-ouest de Sourisia, une énorme fabrique de produits alimentaires, appelée « Manufacture Croût » vient d'être construite. **Par qui ?**

2. L'usine a été montée en une seule nuit. **Comment ?**

3. Depuis une semaine, des files de camions sortent de cette usine en direction de... **Où ?**

4. De mystérieuses machines ont été livrées dans l'usine ; elle a été entourée de fils de fer barbelé, pour que personne ne puisse y entrer. **Pourquoi ?**

Ralf des Charpes

5. Depuis une semaine, tous les rongeurs qui mangent du fromage sont couverts de boutons bleus et de verrues vertes. Seuls ceux qui ne mangent pas de fromage (comme Ralf des Charpes) n'ont pas de boutons. **Pourquoi ?**

6. Il serait intéressant de se rendre sur place pour essayer de s'introduire dans cette mystérieuse usine. **Mais... quand ?**

– Alors, qu'en dites-vous ? demandèrent les Fantasouristiques avec enthousiasme.

Farfouin était surpris et admiratif.

– Bananial ! Bravo ! Maintenant, je comprends
pourquoi vous avez remporté le concours : vous
êtes vraiment fortiches ! Et je peux déjà répondre
à votre dernière question... *tout de suite* ! Vous
voulez venir avec nous ?

J'étais surpris.

– Mais nous ne tiendrons jamais à douze dans ta
voiture !

Il ricana.

– Dans la BANANAMOBILE, non... mais dans le
BANANACAMPING-CAR, oui !

Il ouvrit son garage et sortit bientôt au volant
d'un véhicule incroyable, mesurant une vingtaine
de mètres, et, naturellement...

en forme de BANANE !

Les Dix poussèrent un cri d'enthousiasme, sautè-
rent à bord, et nous partîmes.

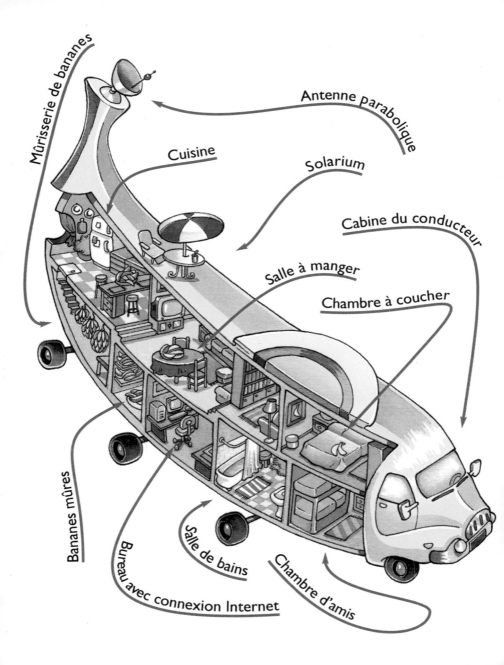

Mûrisserie de bananes

Antenne parabolique

Cuisine

Solarium

Cabine du conducteur

Salle à manger

Chambre à coucher

Bananes mûres

Salle de bains

Bureau avec connexion Internet

Chambre d'amis

Farfouin brancha des haut-parleurs stéréo très petits mais très puissants.

– C'est ma *'tite* grand-mère qui me les a offerts pour mon anniversaire.

Une seconde plus tard, il fit résonner à **PLEINS TUBES** un air d'opérette.

– Ah, j'adore l'opérette ! C'est si romantique

Il entonna à tue-tête :

Oh mon bateauuuuuu !

UNE PUANTEUR
À VOUS FRISER
LES MOUSTACHES

Nous étions à peine arrivés dans la vallée Radé-goûtante qu'une *odeur répugnante* envahit l'habitacle du camping-car.
Farfouin se boucha le nez.

– Stilton*itou*, c'est toi qui as fait un *'tit* prout ? Je n'aurais jamais cru cela de toi !
Mais moi aussi je me bouchai le nez, et protestai :
– Mais je croyais que c'était toi ! Il

règne ici une *puanteur* *à vous friser les mous-taches... ou plutôt, à étaler raide mort un rat d'égout enrhumé !*

Il abaissa la vitre.

– Faisons entrer un *'tit* peu d'air frais... *Par mille bananettes,* ça vient de l'extérieur ! De la Manufacture !

Il sortit des jumelles de son imperméable et me les tendit.

– Jette donc un *'tit* coup d'œil !

Je découvris une **IMMENSE** construction grise, très moderne, tout en ciment, métal et verre, entourée de **HAUTS** murs surmontés de fils barbelés. Au centre, une cheminée crachait une épaisse fumée noire.

Au-dessus de l'usine, très haut dans les nuages, flottait un dirigeable gris et menaçant.

Les Dix marmonnèrent :

– Cela ressemble davantage à un bunker qu'à une usine alimentaire.

Une file de camions gris entrait, une autre file de camions gris sortait.

– *Par mille bananettes,* que contiennent tous ces camions ? marmonna Farfouin, curieux.

La route sur laquelle nous nous trouvions était barrée par un poste de contrôle.

Nous vîmes un panneau triangulaire MENAÇANT :

VALLÉE RADÉGOÛTANTE

Un petit bois entourait la Manufacture : nous nous y cachâmes de manière à n'être pas repérés. Je remarquai quelque chose de bizarre : les plantes n'avaient que de rares feuilles jaunâtres, la pelouse était déplumée et l'eau du ruisseau qui coulait dans le bois était… orange !
Je reniflai l'eau : elle sentait la pourriture ! Les rives du ruisseau étaient couvertes d'une répugnante boue grisâtre.
Les Dix étaient indignés :
– Cette usine pollue. Elle est en train de détruire l'une des plus belles vallées de notre île !
La nuit était tombée sur la puante vallée Radégoûtante, mais les camions continuaient d'entrer et de sortir sans répit.

De très puissants projecteurs au néon s'étaient allumés, éclairant les alentours du bunker comme en plein jour. Nous nous rassemblâmes tous autour d'un feu, pour réfléchir à un plan.

Farfouin commença aussitôt à tout mélanger.

— Doncdoncdonc, moi, je rentre, et puis je vous fais savoir, ou plutôt non, envoyons d'abord Stiltonitou, qui est le 'tit intellectuel du groupe (hum, mais il n'est pas le plus 'tit intelligent), alors vous passez en premier, vous, les Dix, vous avez l'air de 'tits rusés... non, entrons tous ensemble, comme ça nous ne serons pas seuls, ou

plutôt, non, n'entrons pas du tout, comme ça, nous ne courrons aucun risque...
Mais les Dix Fantasouristiques proposèrent :

1. Farfouin et Geronimo entrent dans la Manufacture et commencent à enquêter, à la recherche d'indices.
2. Les Dix Fantasouristiques restent au camp de base et mettent en place une liaison Internet.
3. Farfouin et Geronimo communiquent les indices qu'ils ont trouvés aux Dix, qui les vérifient sur Internet.
4. Farfouin et Geronimo restent en contact avec les Dix grâce à leurs téléphones portables.
5. Si le contact est interrompu, les Dix vont chercher Farfouin et Geronimo.

Farfouin marmonna :
– Hum, comment allons-nous pouvoir nous approcher du portail d'entrée ?

Les Dix se concertèrent :

Bzzzz... bzzzzz... bzzzzzzzzz...

Puis ils suggérèrent :

– Il faut enduire le **BANANACAMPING-CAR** de cette boue grisâtre. Comme ça, vous pourrez vous glisser inaperçus entre les camions !

Scouit sanglota :

–De la boue sur mon *'tit* camping-car ? Par mille bananettes, mon *'tit* cœur est en larmes !

Inquiet, je demandai aux Dix :

– Mais, même si nous parvenons à nous approcher du portail avec le **BANANACAMPING- CAR** camouflé, comment pourrons-nous entrer, sans le code secret ?

Les Dix ricanèrent, d'un air de supériorité.

– Le code secret ? Mais nous le connaissons déjà. Nous avons filmé les camions qui entraient : grâce au ZOOM, c'est-à-dire en agrandissant l'image au maximum, nous avons pu lire les chiffres que composent les chauffeurs !

Farfouin s'écria d'un air inspiré :

– Je viens d'avoir une 'tite idée...

Pour éviter les interceptions, nous allons décider d'un code : je serai **Banane Un**, Geronimo sera **Banane Deux**, et vous... **Banane Dix** !

Voici le Bananacamping-car camouflé !

Il décrocha son téléphone portable et commença à jacasser :

– Banane Un à Banane Dix, vous me recevez ? **Hein ? Vous me receveeeeeeez ?**

Je soupirai : Farfouin a toujours adoré jouer à l'agent secret !

Nous enduisîmes le **BANANACAMPING-CAR** de boue et nous glissâmes dans la file des camions.

Farfouin me serra la patte.

– Par mille bananettes... Bonne chance !

Je répondis :

– Par mille mimolettes... Nous allons en avoir besoin !

96 COMME L'ÂGE
DE MA GRAND-MÈRE...

Le chauffeur du camion gris qui nous précédait composa le code et entra. Le portail se referma avec un grincement sinistre.

Je murmurai dans le micro :

– Banane Deux à Banane Dix, me recevez-vous ? Pouvez-vous me donner le code secret pour ouvrir la grille ?

J'entendis une petite voix GRÉSILLER dans mon téléphone :

– Banane Dix à Banane Deux, nous t'entendons ! Les chiffres à composer sont *96-4-2-40-8-11-3* !

Soudain, la communication fut interrompue. Nous avions été coupés !

En proie à la panique, je balbutiai :

– Et maintenant, qu'allons-nous faire ? Je ne me souviens pas des chiffres que m'ont donnés les Dix !

Derrière nous, les camions commencèrent à klaxonner, impatients.

J'avais tellement peur que j'en avais la queue qui tremblait. Que faire ?

Farfouin ricana.

– Du calme, Stilton*itou*, moi, je m'en souviens parfaitement.

Doncdoncdonc...

96 comme l'âge de ma grand-mère Scouitina !

 4 comme le nombre de minutes pour faire cuire un œuf à la coque !

2 comme les merveilleux yeux de ta sœur Téa !

 40 comme ton âge !

8 comme le nombre de roues de mon camping-car !

11 comme les bananes que j'ai dans mon réfrigérateur !

3 comme les verrues vertes que j'ai sur le bout du nez !

Je pianotai sur le clavier et le portail s'ouvrit comme par magie.

Le **BANANACAMPING-CAR** pénétra dans la cour fortifiée de la Manufacture Croût.

Des gardiens en uniforme gris nous indiquèrent où nous garer.

L'un d'eux s'approcha.

– Il est bizarre, votre camion. Comment se fait-il qu'il soit différent des autres ?

Farfouin improvisa :

– C'est le tout nouveau modèle, les gars. C'est la classe, non ? En toute modestie, tout le monde ne peut pas s'offrir ça, **hé hé hééé** !

Le gardien insista, méfiant :

– Que transportez-vous ?

– Des trucs…

– Quels trucs ?

– Eh bien, ces trucs-là, quoi, ce que vous m'avez demandé.

– Ce que nous vous avons demandé ? Mais quoi ?

– Ce que m'a demandé votre chef, pfff ! Ça vous intéresse ou pas, cette camelote ? Parce que sinon, je repars avec ! Mais c'est vous qui le lui direz, au chef, que j'ai dû repartir avec... Il a un fichu caractère, celui-là...

Il démarra, comme s'il allait repartir.

Les deux gardiens s'empressèrent de l'arrêter.

– **Non**, attends, je demandais ça comme ça, on est bien obligés de faire des contrôles de temps en temps, tu sais ce que c'est, le règlement, allez, décharge et rentre tout ça à l'intérieur !

– O.K., reçu cinq sur cinq, je décharge et je m'en vais ! chicota Farfouin d'un ton désinvolte.

Il me fit un clin d'œil.

– Stiltonitou, ça baigne !

DES FROMAGES FRELATÉS !

Nous poussâmes une petite porte métallique et nous nous retrouvâmes au pied d'un escalier.

Nous montâmes jusqu'aux combles, d'où partaient de **robustes** poutrelles d'acier.

– Montons sur les poutrelles ! Je veux juste jeter un *'tit* coup d'œil en bas sans être vu !

Je rampai sur la poutrelle, les yeux fermés (je suis sujet au vertige, je vous l'ai peut-être déjà dit...), mais mon ami Farfouin me pinça la queue pour me forcer à les ouvrir.

– Allez Stilton*itou*, ne fais pas le poltron !

Pas du tout rassuré, *j'ouvris les yeux*...

Allez, Stiltonitou !

Scouiiiiiiiiiittttttttttt !!!

Quel spectacle *incroyable* !

Des milliers et des milliers de techniciens couraient dans tous les sens, poussant des chariots remplis de croûtes de fromage *grouillantes*, de vers, de trognons de légumes, d'épluchures de fruits et autres *ordures variées*.

Tous ces déchets étaient jetés dans un chaudron fumant et étaient stérilisés à très haute température.

La crème qui en sortait, d'une couleur indéfinissable, était traitée avec des produits chimiques pour prendre le goût de différents fromages : camembert, roquefort, saint-nectaire…

Le fromage frelaté était coupé en morceaux avant d'être teint en jaune.

Des techniciens faisaient des trous dans le fromage, d'autres le coloraient avec des pistolets à peinture pour lui donner des effets spéciaux de couleur.

D'autres le fumaient en le plaçant dans des fours, ou marquaient la croûte au fer rouge.

D'autres encore imprimaient de fausses étiquettes et les collaient sur les fromages, avant de les emballer.

Farfouin marmonna :

– Des fromages frelatés ! Fabriqués avec du concentré d'ordures ! Quand je raconterai ça à ma *'tite* grand-mère, elle ne voudra pas me croire !

Il secoua la tête.

– Je suis tellement bouleversé que je grignoterais bien une bananette pour me remonter le moral. À propos, comment va ta sœur Téa ? T'ai-je déjà dit

que je l'aime d'un amour avec un A majuscule ?

Je bafouillai :

– Oui, tu me l'as dit un million et demi de fois, au moins. Dépêche-toi de manger ta banane, je veux descendre de cette poutrelle, tu sais bien que j'ai le vertige !

Mais (comme souvent) il était en train de réfléchir à une question absurde.

– Qui est-ce que j'aime le plus ? Téa... *ou bien ma grand-mère* ? Je suis raide dingue de Téa... *mais j'aime beaucoupbeaucoupbeaucoup ma grand-mère...* Téa a les yeux violets... *mais les tartes de ma grand-mère sont si bonnes...* Avec Téa, les frissons sont garantis... *ma grand-mère, elle, me chouchoute... bah ?!*

Il s'interrompit : il venait de voir deux gardiens se glisser dans un couloir latéral.

Nous épiâmes leur conversation.

L'un des gardiens expliquait :

– J'apporte une tisane au chef. Il a des problèmes de foie, tu as vu tous les boutons qu'il a sur la figure ?

– Ouais, en fait, il a l'air d'être lui-même un énorme bouton. C'est parce qu'il grignote les répugnants fromages frelatés que nous produisons. Mais ne le lui dis pas, tu sais qu'il a un fichu caractère…

Nous descendîmes des poutrelles et suivîmes les gardiens jusqu'à une porte de béton.

Là, ils sonnèrent et prononcèrent le mot de passe :

– **Croûtecroûtecroût !**

La porte coulissa en silence et nous découvrîmes une silhouette grassouillette, qui arborait un grand tablier blanc.

UN CÔNE GLACÉ GOÛT
« POUBELLE » !

Nous entendîmes alors cet étrange personnage bafouiller au téléphone :

– Oui, Némo, *tous* les rongeurs de Sourisia ont mangé de *mon* fromage... Tu ne vois pas qu'ils ont *tous* des **boutons** et des **VERRUES** ? C'est vrai, ce Ralf des Charpes, ou un nom comme ça, est une exception... C'est le seul qui n'ait pas mangé de fromage... Puisque ça a marché, maintenant, je vais produire des aliments de toutes sortes : des pâtes, de la confiture, du chocolat... Avec mes méthodes, bien sûr, tout sera **artificiel**. Pour falsifier la nourriture, je suis expert, ils ne s'en apercevront que quand ils l'auront dans l'estomac !

À présent, j'étais inquiet, trèèès inquiet. Ce type n'était pas seulement un escroc, c'était un allié de Némo, le mystérieux rat d'égout qui, depuis toujours, tente de conquérir Sourisia !

Il reprit :

– Toutes les usines alimentaires vont faire faillite, comme ça, je serai le seul à fournir la nourriture d'abord à Sourisia… puis à toute l'île des Souris… et enfin au monde entier, qui tombera en mon pouvoiiiir !

Il se tut un instant.

– Oui, bien sûr, Némo, je voulais dire « en **notre** pouvoir ». Je sais bien que c'est **toi** qui as eu cette idée… Oui, c'est **toi** qui as construit l'usine en une nuit… Oui, c'est **toi** qui as investi tout l'argent, moi, je n'étais **rien** quand tu m'as rencontré dans cette puante cuisine de restaurant, oui, bien sûr, Némo, je **te** suis **très** reconnaissant…

Il parla plus bas :

– Hum, Geronimo Stilton, le directeur de *l'Écho du rongeur*, s'est mis à enquêter avec ce rongeur qui porte un imperméable jaune, Farfouin Scouit, et une bande de gamins détectives. Bien sûr, je te tiendrai au courant s'ils viennent ici. Fais attention à ne pas manger de fromage, Némo ! Aucun fromage ! Je les imite si bien que même moi je n'arrive plus à distinguer le fromage frelaté du fromage authentique. Oh, as-tu des boutons bleus sur le nez ? Une verrue verte sur le menton ? Est-ce que tu te grattes ? Ne t'inquiète pas, j'ai un antidote, c'est-à-dire un médicament qui annule l'effet de l'intoxication. Non, sans antidote, les boutons et les verrues ne partiront pas… Bien sûr, tu vas voir le prix auquel on leur vendra cet antidote, au peuple des Souris, mais ils vont faire la queue pour en acheter…

Il hurla à tue-tête :

– Nous allons conquérir le monde et nous donnerons d'atroces maux de ventre à toute la population, je vais les gaver de glace au goût « poubelle ». Némo, le monde sera à nous ! Parole de CROUSTADE CROÛT !

Il raccrocha et se tourna.

C'est alors seulement que je m'aperçus que Croustade Croût n'était pas un *rongeur*... mais une *rongeuse* ! Elle avait un âge indéfinissable.

Elle portait une robe de coton à damier blanc et jaune, et un grand tablier blanc de cuisinière. Elle avait, sur ses cheveux roux, un bonnet de dentelle. Elle était chaussée de pantoufles jaunes sur lesquelles étaient brodées ses initiales **C.C.** Sur la joue gauche, elle avait un grain de beauté.

Croustade Croût

Qui est-ce : une mystérieuse cuisinière qui sait imiter à la perfection tous les fromages existants, en se servant des déchets récupérés dans les poubelles.

Que fait-elle : elle s'est alliée avec Némo, le perfide rat d'égout qui veut conquérir Sourisia.

Signes particuliers : un grain de beauté sur la joue gauche.

Son secret : elle a une… non, je ne vous le dis pas, vous le découvrirez à la fin du livre !

Son rêve : dominer l'île des Souris en rackettant tous ses habitants !

Son point faible : elle se trouve laide. C'est pourquoi elle est convaincue que personne ne l'aime.

MAIS J'AI VRAIMENT UNE MINE HORRIIIIIIIBLE !

Croustade raccrocha le téléphone.

Je **FRISSONNAI** de la pointe des moustaches à la pointe de la queue.

Elle prit un miroir et poussa un petit cri.

Mais j'ai vraiment une mine horriiiiiible !

Ce matin, j'ai goûté une lichette de camembert et tout de suite, paf, deux **boutons bleus**...

et une verrue verte.

Je boirais bien une petite gorgée d'antidote !

Sans cesse de se gratter, elle se précipita sur le coffre-fort et l'ouvrit, prononçant à voix haute les chiffres de la combinaison :

– **3** À DROITE, **1** À GAUCHE, **9** À DROITE, **5** À GAUCHE, **4** À DROITE... DE TOUTE FAÇON, DANS LE LABORATOIRE, JE SUIS TOUTE SEULE !

Elle murmura, inquiète :

– Oh oh, j'espère que personne ne m'a entendue... De toute façon, je suis toute seule dans le laboratoire. Personne n'oserait entrer ici !

Vite, Farfouin nota les chiffres de la combinaison sur le poignet de son imperméable.

Pendant ce temps, Croustade Croût prit dans le coffre-fort un alambic contenant un liquide violet et elle en avala une gorgée.

– Hé hé héé, personne ne le sait, mais c'est dans ce coffre-fort que j'ai enfermé la formule de l'antidote !

Je remarquai, surpris, que... les boutons et la verrue commençaient déjà à disparaître !

CINQ GRAINES D'ANIS...

Croustade ouvrit un tiroir. Elle prit un morceau de gruyère et le dégusta avec gourmandise.

– Ça, c'est bon, c'est autre chose que ce fromage artificiel. Celui-là, il ne donne pas de *boutons*, mais de *l'énergie*...

Elle sortit en grignotant joyeusement.

Nous nous jetâmes aussitôt sur le coffre-fort. Farfouin lut la combinaison qu'il avait notée sur son poignet.

Nous nous jetâmes sur le coffre-fort et Farfouin lut la combinaison notée sur son poignet...

... je trouvai la formule de l'antidote et la dictai à Farfouin...

– **3** à droite, **1** à gauche, **9** à droite, **5** à gauche, **4** à droite...

Le coffre-fort s'ouvrit.

Je mis la patte sur l'enveloppe contenant la formule de l'antidote !

Je dictai les ingrédients à Farfouin, qui les écrivit sur le col de son imperméable.

C'est alors que la porte s'ouvrit. Croustade hurla à ses gardiens :

– Par mille boutons déboutonnés... saisissez-vous de ces deux espions !

... Croustade nous arracha la formule de l'antidote...

... mais la feuille s'envola et tomba dans la cheminée !

ANTIDOTE POUR LES BOUTONS BLEUS ET LES VERRUES VERTES

DOSE CONSEILLÉE :

UNE PINCÉE DE BICARBONATE, UN DEMI-BÂTON DE RÉGLISSE, CINQ GRAINES D'ANIS, DE LA NOIX DE MUSCADE RÂPÉE, DIX FLEURS DE CAMOMILLE, TROIS FEUILLES DE BASILIC, UNE RONDELLE DE GINGEMBRE ET L'INGRÉDIENT SECRET...

(DÉSOLÉ, NOUS NE POUVONS PAS DIRE QUEL EST CET INGRÉDIENT, SINON CE NE SERAIT PLUS UN SECRET.)

Elle attrapa l'alambic contenant l'antidote, mais il tomba à terre, se brisant en mille morceaux.

Puis elle nous arracha des pattes la formule de l'antidote, mais le papier s'envola et atterrit dans la cheminée, où crépitait une belle FLAMBÉE.

En un instant, la formule fut réduite en cendres.

Croustade était désespérée.

– Des années et des années pour mettre au point un antidote aux **boutons bleus** et aux VERRUES VERTES, et voilà qu'il est réduit en cendres ! Ma maman m'avait pourtant bien dit de faire une copie de la formule de l'antidote, mais je ne l'ai pas écoutée. Que vais-je dire à Némo, maintenant ? Tout ça, c'est votre faute ! Si je vous attrape, je vous écrase comme du camembert, je vous ramollis comme de la *mimolette*, je vous **troue** comme du *gruyère* !

Nous profitâmes de la confusion pour prendre nos pattes à notre cou.

Nous entendions les gardiens en gris qui nous poursuivaient en criant, mais, après un détour du couloir, nous franchîmes une petite porte métallique.

Nous avions pénétré dans un entrepôt noir et silencieux.

TU ES VRAIMENT UN 'TIT BINOCLARD !

La porte se referma derrière nous en grinçant.
Scriiiiiiiiic... clac !
Nous explorâmes l'immense entrepôt plongé dans l'obscurité. J'avais l'impression d'être dans un rêve ou, plutôt, dans un CAUCHEMAR éveillé !
Les silhouettes d'énormes machines servant à produire des glaces se détachaient à contre-jour et nous entendions des bruits étranges et inquiétants...

Frrrrrrrrrrrrr rrrrrrrrrrrr.................. Splut !

Shoing

Tic tic tic !

Cric crac...

Glb glbrr crkglbbb !

Sgnik ! Sgnik ! Sgnik !

Plic ! Plic ! Plic !

Trkkkk !

Blob !

– Je n'y vois rien, il fait trop sombre, murmurai-je.

Farfouin se vanta :

– Trop sombre ? Tu trouves qu'il fait trop sombre ? Moi, j'y vois parfaitement, je ne suis pas comme toi, tu as toujours été une *'tite* taupe, un *'tit* bigleux, un *'tit* binoclard, à l'école déjà.

Il me bouscula en se retournant, et j'allai heurter une machine à faire des sorbets.

Nous poursuivîmes notre exploration.

Cependant, Farfouin ne cessait de jacasser :

– Qu'est-ce que j'y vois bien, **OOOO** qu'est-ce que j'y vois bien ! Je vois pratique-ment tout, moi, j'ai des yeux de chat...

Aïïïïïïïïïïïïïïïïe !

À un moment, il trébucha contre un panier rempli de lourdes boîtes de conserve, qui atterrirent sur ma patte.

Je bondis en hurlant...

AAAAAAAAAAAAAAAAAAAAAGH!

– **Chuuuuuuuuut**, plus bas, on va nous entendre ! me recommanda-t-il.

Se retournant brusquement, il me bouscula, et je tombai à la renverse dans une énorme bassine remplie de glace à la vanille.

Splottt !

Je nageai jusqu'au bord de la bassine et m'en extirpai en recrachant de la crème glacée, mais ce fut pour tomber aussitôt sur un tapis roulant recouvert de chocolat !

C'est alors qu'une pluie de cerises confites s'abattit sur moi.

Farfouin prit une petite cuiller...

– Miammiammiammiam ! Je vais te goûter ! Le *'tit* chocolat est bon, mais pas les *'tites* cerises... La prochaine fois, tu devrais essayer un mélange de noisettes, de chocolat et de crème, avec une *'tite* couche de Chantilly et...

J'avais les moustaches qui s'entortillaient d'agacement.

– Ça suffiiit ! Je vais finir CONGELÉ !

– Tu ressembles déjà à un **ESQUIMAU**... *Hi hi hiii !*
Il me poussa sous un *jet* d'air chaud.
– Ça va te réchauffer, ou plutôt... *te faire fondre, hi hi hiii !*
Une petite mare de liquide dégoûtante se forma autour de moi.

Ça va te réchauffer, ou plutôt... te faire fondre, hi hi hiii !

AVENTURE, C'EST BIEN CE QUE TU AS DIT ?

Je soupirai :

– Ah, si j'avais une lampe torche...

Farfouin répliqua tranquillement :

– **Une lampe torche ?** Mais j'en ai une, moi !
Et il la sortit d'une poche de son imperméable.
J'avais les moustaches qui s'entortillaient d'agacement.

– Mais pourquoi ne l'as-tu pas dit plus tôt ?

– Ça fait plus aventure, tu ne trouves pas ?

– Aventure ? Aventure, c'est bien ce que tu as dit ?
Je m'élançai à sa poursuite (sans parvenir à l'attraper) autour d'une machine à glaçons, tandis qu'il
ne cessait de ricaner, fier de lui :

– *Ha ha haaa,* j'adore te faire des *'tites* blagues,
comme lorsque nous étions à l'école, Stilton*itou* !

Nous allumâmes la lampe torche et trottinâmes le long d'un couloir, en passant d'une machine à l'autre.

C'était un vrai labyrinthe !

À un moment donné, je compris que nous nous étions perdus.

Farfouin marmonna :

– Hum, je me demande si la sortie est à droite ou à gauche. À droite, le couloir est plus large... *mais à gauche, il y a plus de lumière !* À droite, nous pouvons longer le mur... *mais à gauche, il y a un raccourci !* À droite, il fait plus chaud... *mais à gauche, ça pue davantage !*

– C'est moi qui vais décider : nous allons prendre à droite ! dis-je.

Je connais bien Farfouin, il est capable de jacasser comme cela pendant des heures et des heures !

C'est à ce moment précis que nous entendîmes des bruits de pas : les gardiens s'étaient lancés à notre recherche.

GERONIMOOOOOOO !

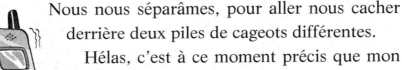

Nous nous séparâmes, pour aller nous cacher derrière deux piles de cageots différentes.

Hélas, c'est à ce moment précis que mon téléphone portable sonna.

Par mille mimolettes, j'avais oublié de l'éteindre !

J'appuyai sur une touche au hasard, fébrilement, et murmurai :

– Allô, ici Stilton, Geronimo Stilton !

Ma sœur Téa hurla :

_Geronimooooooooo !

Où étais-tu ? Je te cherche partout !

– Chuuuuut, parle plus bas, je t'expliquerai tout à mon retour. À bientôt, salut.

Mais elle insista.

– Avec qui étais-tu, l'autre jour ? Je t'ai vu passer à toute vitesse sur une moto jaune très originale.

Bananamoto

– C'était la Bananamoto de Farfouin.

Elle murmura, pensive :

– Hum, Farfouin ? Et la mer-veilleuse voiture décapotable jaune dans laquelle je t'ai vu au feu de la rue Pigouille, elle est égale-ment à lui ?

Bananamobile

– Hum, oui, j'étais avec lui dans la Bananamobile.

– Ce matin, je t'ai vu passer dans un camping-car très mignon, c'est à lui, ça aussi ?

Bananacamping-car

– Oui, je te dis que oui.

– Mais Farfouin a aussi un héli-coptère ? Un hélicoptère jaune ?

Bananacoptère

– Oui, le Bananacoptère.

– Et… un avion, aussi ?

– Oui, le Bananaplane.

Bananaplane

– Tout le monde en parle au CERCLE DE L'AVIATION, il paraît qu'il fait des acrobaties assourissantes… Dis à Farfouin que, dimanche, auront lieu les championnats nationaux d'acrobaties aériennes et un duel entre les deux meilleurs pilotes de l'île : lui et moi ! Mon avion rose contre son avion jaune. Dis-lui : « *Téa te demande si tu acceptes de relever le défi* » et…

Je répliquai d'un trait :

Geronimo, dis à Farfouin que...

– D'accordjeleluidiraisalut !

Puis je raccrochai.

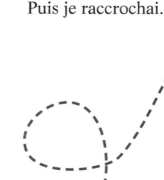

Hélas, les gardiens m'avaient repéré.

J'essayai de téléphoner aux Dix pour les appeler au secours, mais, soudain, Croustade m'arracha le téléphone des pattes en criant :

– Eh, toi, petit malin, tu n'appelleras...

PERSONNE !

ON VA VOUS METTRE AU FRAIS... ET MÊME AU GRAND FRAIS !

Les gardiens m'attrapèrent par la queue. Ils avaient également capturé Farfouin !

Croustade ricana.

– *Par mille boutons déboutonnés,* on va vous mettre au frais... et même au grand frais !

Les gardiens nous poussèrent à l'intérieur d'une gigantesque chambre frigorifique... et refermèrent la porte.

Claeeeeeeeeee !

Qu'est-ce qu'il faisait **FROID** ! La température ne cessait de baisser. Je vis un thermomètre qui marquait... *trente degrés en dessous de zéro !*

Je claquais des dents.

– F-Farfouin, il f-fait un f-froid de f-é lin là-d-dedans, nous d-evons f-faire q-quelque c-chose !

J'étais tellement gelé que j'en avais la queue toute bleue, et des glaçons pendaient à mes moustaches.

J'essayai de me réchauffer en marchant de long en large, mais j'avais la tête qui tournait et j'avais de plus en plus de mal à rassembler mes idées.

Farfouin tira des poches de son imperméable toute une série d'outils : un marteau, un tournevis, une tenaille, une clef anglaise !

Mais la porte de la chambre était bloquée : elle ne s'ouvrait que de l'extérieur.

Il m'offrit la moitié d'une banane.

– Mange donc un *'tit* morceau, Stilton*itou*, ça te réchauffera !

Je secouai la tête.

– Tout est fini.

Le froid était de plus en plus intense. C'est alors que j'entendis des voix qui criaient :

– Police de Sourisia !

**VOUS ÊTES CERNÉS !
RENDEZ-VOUS !!!**

Bizarre, bizarre, j'avais l'impression de connaître ces voix...

Une sirène d'alarme se mit à hurler dans l'usine.

Croustade et ses gardiens s'enfuirent à bord d'un dirigeable gris. Nous restâmes seuls.

Soudain, la porte s'ouvrit en grand : c'étaient les Dix Fantasouristiques !

Ils nous expliquèrent :

– Nous avons placé les haut-parleurs de Farfouin Scouit devant la grille et nous avons fait croire que la police encerclait la Manufacture Croût.

Farfouin soupira d'un air rêveur :

– Par mille bananettes... il me tarde de raconter à ma 'tite mamie que les haut-parleurs qu'elle m'a offerts ont été très utiles !

Parole de Croustade Croût !

Pendant que le dirigeable gris s'éloignait, Croustade nous apostropha :

– Nous nous reverrons, *j'en mettrais mon tablier à déchirer !* Mais, la prochaine fois, ce ne seront plus des petits bobos au ventre : je ferai bien pire !

Parole de Croustade Croût !

Nous gardâmes le silence un moment.

C'est Farfouin qui parla le premier :

– Bien, l'affaire est résolue ! Et... nous le devons à nos nouveaux amis, les Dix Fantasouristiques !

Je leur serrai la patte à tous les dix, en disant :

– Vous êtes vraiment géniaux, félicitations !

Nous montâmes dans le **BANANACAMPING-CAR**
et je m'assis au volant.

Je roulais depuis environ cinq minutes quand
Farfouin hurla à tue-tête :

– Arrête-toi, arrête-toiiiiiiiiiii !

Je freinai.

   – Que se passe-t-il ? demandai-je, inquiet.

     Il bondit hors du camping-car et me montra
      une file d'escargots.

– Regarde ce qu'il y a au milieu de la route !
Nous n'allons tout de même pas les écraser,
non ?

Il salua les escargots :

– Salut, les gars, bon voyage ! Respectez les
limitations de vitesse !

Moi, j'aime tout ce qui vient de la nature,

Rien de plus normal, c'est ma culture,

Je respecte la vie sous toutes ses formes,

Que le tigre rugisse, que le paresseux dorme,

Que le papillon vole ou que l'escargot rampe,

Je les adore, et j'aime aussi... l'hippocampe !

Vous direz peut-être que ça ne sert à rien,

Mais je suis également végétarien...

Parce que les animaux sont mes amis,

On se comprend... c'est ensemble qu'on vit !

Il remonta dans le camping-car en chantonnant un rap...

Il proposa :

– Tiens, puisqu'on parle de la nature et que vous m'avez l'air d'être des

HERCULE ROCK est un fameux athlète de l'île des Souris. Il participe aux compétitions sportives les plus dures du monde, il est passionné de cyclisme et a inventé une super-bicyclette fantastique. Mais ça... c'est une autre histoire !

gars, *ou plutôt des rats*, un *'tit* peu sportifs, je vais vous dévoiler un secret. Un de mes amis, Hercule Rock, a modifié ce camping-car pour qu'il soit possible de le faire avancer… en pédalant.

Il tira sur un petit levier, des trappes s'ouvrirent dans le plancher du **BANANACAMPING-CAR** et douze bicyclettes apparurent !!!

Farfouin sauta sur un vélo en criant :

-Far Farfarfouinfouifouinscouitttt !

Préparez vos *'tits* mollets, on rentre à Sourisia en pédalant !

Conclusion...

Tous les fromages contrefaits furent détruits. Et l'ancienne Manufacture Croût se mit aussitôt à produire de l'antidote pour les boutons et les verrues, selon la formule qu'avait recopiée Farfouin Scouit. L'antidote fut mis gratuitement à la disposition de tous les rongeurs.

MAIS CE N'EST PAS FINI...

Vous croyez que l'histoire se termine comme ça ?
Noooooooooooooooooooooon !
Le lendemain, Farfouin m'invita chez sa mamie.
J'acceptai avec plaisir : je n'avais pas
vu Scouitina Scouit depuis long-
temps ! Nous montâmes sur la
BANANAMOTO et nous diri-
geâmes vers le centre. Mais, en
passant près du Marché aux
Fromages, je remarquai quelque

chose, ou plutôt quelqu'un... qui était d'un âge
indéfinissable. Qui portait une robe de coton à
damier blanc et jaune et un grand tablier blanc de
cuisinière. Qui portait un bonnet de dentelle sur

des cheveux roux. Qui avait des pantoufles jaunes brodées aux initiales **C.C.** Qui poussait un cha-riot bourré de fromages de toutes sortes.

Je la montrai à Farfouin, qui *pâlit*.

– Mais... c'est Croustade Croût !

Elle passa à quelques centimètres de nous, mais ne nous remarqua pas.

Bizarre !

Farfouin marmonna :

– C'est elle ! Elle est encore en train d'essayer d'empoisonner tout le monde !

Il cria :

– Haut les pattes, Croustade Croût ! *'Tite* maligne, nous t'avons reconnue !

Pendant un instant, elle nous fixa d'un air ahuri, comme si elle ne comprenait pas, puis elle éclata de rire.

– Croustade ? **Ha ha haaa !** Mais je ne suis pas **Croustade** ! Je m'appelle **Crostade** !

Farfouin était incrédule.

Elle baissa la voix :

– Croustade, c'est... ma sœur jumelle !

Je l'examinai attentivement. Elle ressemblait à Croustade comme deux gouttes d'eau, à cette différence près que son grain de beauté était sur la joue droite !

Elle soupira :

– Si vous recherchez **Croustade**, c'est qu'elle s'est encore attiré des ennuis, pas vrai ? Nous avons l'air identiques, mais, en réalité, nous sommes très différentes. Moi, j'aime les aliments

naturels, alors qu'elle aime expérimenter toutes sortes de nourritures artificielles. Je crois qu'elle a dernièrement rencontré un gars, *ou plutôt un rat*, assez peu recommandable, un certain Némo...

Je lui fis le baisepatte.

– Madame, mon nom est Stilton, *Geronimo Stilton*. Je dirige *l'Écho du rongeur*. Je vous prie d'accepter mes excuses. Nous nous sommes trompés, ce n'était qu'un quiproquo.

Elle sourit.

– Je dirige un petit restaurant qui ne sert que de la nourriture naturelle, rue Scouittesse, ça s'appelle « Bon-et-Sain ». Puis-je vous inviter ?

Nous acceptâmes avec plaisir !

Nous déjeunâmes au « Bon-et-Sain », nous goinfrant de mets *savoureux*, mais surtout très *sains*.

Crostade nous fit visiter sa cuisine.

– Pour rester en bonne santé, il est important d'avoir une alimentation saine. Des aliments frais plutôt que des plats préparés, beaucoup de fruits et beaucoup de légumes (parce qu'ils sont bourrés de vitamines)... Quand on mange sainement, non seulement on se sent mieux, mais on a meilleure mine. Adieu les boutons...

Eh oui, les deux sœurs étaient vraiment très différentes !

ABC D'UNE ALIMENTATION SAINE

Additifs : substances chimiques que l'on ajoute à la nourriture pour en modifier les caractéristiques de couleur (colorants), de goût (aromatisants) ou leur durée de conservation (conservateurs).

Biologique : aliments produits selon des méthodes naturelles sans engrais chimiques ni pesticides (produits qui empêchent le développement d'organismes nocifs). On trouve aussi dans le commerce des aliments **biodynamiques**, qui sont produits en suivant des règles très précises fondées sur le respect de l'équilibre naturel entre l'homme, les animaux et la Terre.

Fibres : substances contenues dans des aliments tels que les fruits, les légumes et les céréales. Ils agissent comme de petits balais, nettoyant les résidus contenus dans les intestins.

Glucides : ou sucre. Ils sont la principale source énergétique de notre organisme. Ils se divisent en sucres rapides (édulcorants) et sucres lents (farine, pain, pâtes, riz).

Graisses : ou lipides. Elles peuvent être d'origine animale ou végétale. Il est important de bien réguler sa consommation de graisses en fonction de son mode de vie, sans jamais exagérer, afin d'éviter des dépôts dangereux.

Microbes : ils comprennent les bactéries, les moisissures et les levures, qui sont utilisées en cuisine depuis des milliers d'années pour préparer des fromages, des yaourts, du pain, de la bière et d'autres aliments. Il est important de les utiliser de manière correcte, car ils peuvent devenir dangereux pour l'organisme.

Minéraux : substances telles que le calcium, le sodium, le potassium, le fer, dont l'organisme a besoin pour fonctionner correctement.

Protéines : substances indispensables pour la croissance, qui sont contenues en grande quantité dans la viande, le poisson, les œufs et le lait.

Vitamines : elles aident l'organisme à fonctionner correctement. Les vitamines A, B et C se trouvent dans les fruits, les légumes et les céréales.

7

JE N'AI PAS SEPT VIES
COMME LES CHATS !

Nous arrivâmes chez la grand-mère de Farfouin. **Scouitina Scouit** est une rongeuse exceptionnelle. À quatre-vingt-seize ans, elle dirige encore avec succès (et fermeté) l'entreprise familiale, qui fabrique les fameux imperméables jaunes « Scouit ». Tout le monde respecte Scouitina et tout le monde l'adore !

Elle m'embrassa.

– Mais comme tu as grandi, Gero*nimou* ! Je me souviens de quand tu étais petit petit petit...

Puis elle me tendit un paquet emballé dans du papier jaune.

– Tiens, ce *'tit* paquet est pour toi !

Scouitina Scouit

Je l'ouvris : il contenait un magnifique imperméable jaune, à l'intérieur duquel étaient brodées mes initiales.

– Merci, madame Scouitina, il est très beau !

Farfouin ricana.

– J'ai vraiment une *'tite* mamie exceptionnelle !

Tout en grignotant du fromage (authentique), j'avouai à Farfouin :

– J'aime enquêter avec toi… mais, chaque fois, je manque d'y laisser mon pelage, c'est toujours un nouveau défi. Soudain, je me souvins du message de ma sœur.

– À propos de défi, Téa m'a demandé de te dire que…

Il balbutia, ému :

– Qu'a-t-elle dit ? **Hein ?** Quoi donc ?

– Elle a dit que dimanche, au Cercle de l'Aviation, se déroulera une compétition d'acrobaties aériennes. Elle te lance un défi et elle aimerait que tu le relèves.

– Un défi ?

COMME C'EST ROMANTIQUE !

Il faut que je l'impressionne. Tu te rends compte, si Téa m'épouse, toi et moi, nous serons parents. Je murmurai :

– Euh, il me suffit que tu sois mon ami. Si tu étais mon beau-frère, ce serait trop risqué ! Je n'ai pas sept vies comme les chats, et...

VIE NUMÉRO 7 !
VIE NUMÉRO 6 !
VIE NUMÉRO 5 !
VIE NUMÉRO 4 !
VIE NUMÉRO 3 !
VIE NUMÉRO 2 !
VIE NUMÉRO 1 !

Mais il ne m'écoutait plus… Il jacassait, en pensant à Téa :

– Comment dois-je me comporter ? Hum, il faut que je remporte l'avantage… *ou vaut-il mieux la laisser gagner ?* Si je montre que je suis un as, elle m'admirera… *mais peut-être sera-t-elle vexée ?* Évidemment, si je perds, j'aurai l'air d'un nigaud… *mais peut-être sera-t-elle attendrie ?* Il faut que je fasse le maximum… *ou peut-être serait-il mieux de perdre avec classe ?* **Bah ?!** Stiltoni*tou*, donne-moi donc un *'tit* conseil !

Je réfléchis un moment. Je me souvins du conseil que me donnait toujours ma tante Toupie.

Tante Toupie

« **QUAND TU NE SAIS PAS COMMENT TE COMPORTER… SOIS SIMPLEMENT TOI-MÊME ! ÇA MARCHE TOUJOURS !** »

Je conseillai à Farfouin :

– Ne t'inquiète pas. Peu importe que tu gagnes ou que tu perdes :

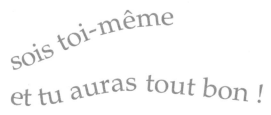

sois toi-même et tu auras tout bon !

Il me remercia.

– Merci, Stilton*itou*. Tu es un véritable ami.

Il sourit sous ses moustaches.

Ce conseil fonctionnait toujours.

DÉDIÉ À... TÉA !

Le dimanche matin, je me levai et me rendis au CERCLE DE L'AVIATION, à l'aéroport de Sourisia.
Téa nous attendait, impatiente.
Farfouin débarqua.

– Coucoucoucoucoucou !

Téa sourit, malicieuse :
– Que *le* meilleur gagne... ou *la* meilleure !

L'avion de Téa

Farfouin lui fit le baisepatte, en murmurant :
– Si c'était une compétition de charme, c'est toi
qui gagnerais !
Téa sauta dans son avion rose et Farfouin dans
son Bananaplane, en poussant son cri de guerre :

Farfarfarfarfouinfouinfouinfouinscouittt !

L'avion rose exécuta des pirouettes délicates,
tourbillonnant dans l'air, léger comme un petit
colibri.
Ma sœur le pilotait avec une habileté et
une grâce extraordinaires !
Téa fit toutes sortes d'acrobaties, mais, à un
moment donné, elle commit une petite erreur.

L'avion de Farfouin

Entre-temps, l'avion jaune en forme de banane était monté très haut, de plus en plus haut, jusqu'à disparaître dans le bleu du ciel.

Puis il redescendit en piqué, accomplissant une série d'acrobaties très compliquées. Looping, tonneau, chute en vrille... il les enchaîna sans commettre une seule erreur !

Le public s'écria en chœur :

– *Ooooooooh !*

Les juges levèrent leur ardoise.

– Voici le score obtenu par Téa Stilton...

– *Neuf !*

– *Neuf !*

– *Neuf !*

– *Neuf !*

– *Neuf !*

– *Neuf !*

– *Neuf !*

– *Neuf !*

– *Neuf !*
– *Neuf !*
– Et maintenant, voici le score de Farfouin Scouit...
– *Dix !*
– *Dix !*
– *Dix !*
– *Dix !*
– *Dix !*
– *Dix !*
– *Dix !*
– *Dix !*
– *Dix !*
– *Dix !*

Farfouin avait donc obtenu... *dix* sur *dix !*

C'est lui qui avait gagné.

L'avion rose se posa délicatement. Téa fit une petite grimace.

– Ah, c'est lui qui a gagné ? Ce n'est pas grave. Je me suis **amusée**, ce fut une belle compétition.

Farfouin redescendit, effectuant un atterrissage impeccable.

Le public l'acclama :

– Bravo ! Bravooo !

Il ricana :

– C'est vraiment moi qui ai *gagné* ?

Dès qu'il vit Téa, il se mit à genoux devant elle.

– J'ai peut-être gagné, mais tu es bien meilleure que moi. Tu es exceptionnelle, Téa... tu es vraiment charmante !

Téa sourit sous ses moustaches. Elle adore les compliments ! Tous deux se serrèrent la patte, pendant que les photographes les mitraillaient frénétiquement.

Un journaliste de la télévision filma la scène en direct.

– Les deux as de l'aviation se serrent la patte, donnant ainsi un merveilleux exemple de ce noble esprit qui anime les sportifs !

Farfouin annonça :

– Attendez, maintenant, il va y avoir une *'tite* surprise !

Il sauta dans son avion, mit les gaz et commença à décrire des zigzags en chantant :

L'amour seul donne un sens à la vie,
Du premier jour jusqu'à ce qu'elle soit finie.
Il ne faut jamais avoir peur d'aimer,
Car le cœur ne peut pas s'user !
Aucun geste d'amour n'est gâché,
Comme une graine qu'on a semée
Finira par donner des fleurs...
Aux patients jardiniers du bonheur !

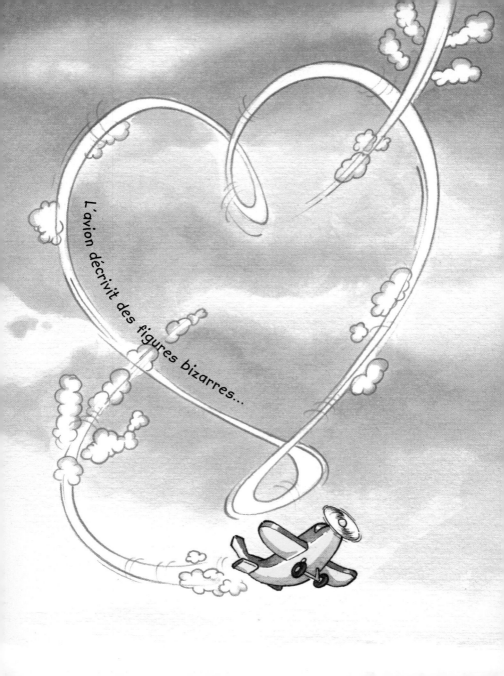

L'avion décrivit des figures bizarres...

L'avion décrivit des figures bizarres.

Qu'est-ce que Farfouin essayait de faire ?

Tous les rongeurs retenaient leur souffle.

Enfin, je compris : il avait dessiné dans le ciel un cœur dédié à Téa.

Elle feignit l'indifférence, mais elle avait les yeux brillants et je compris qu'elle était émue.

Peut-être, un jour, Farfouin et moi deviendrions-nous *vraiment* parents... Allez savoir !

Cette nuit-là, je fis un rêve étrange.

Je rêvai que Téa et Farfouin se mariaient... et que tous les parents et amis étaient invités au mariage, même les Dix Fantasouristiques !

Peut-être le rêve finirait-il par se réaliser un jour...

Peut-être...
peut-être...
peut-être...

TABLE
DES MATIÈRES

Geronimo Stilton

DANS LA MÊME COLLECTION

- **Téa Sisters**
  Le Code du dragon
  Le Mystère de la montagne rouge
  La Cité secrète
  Mystère à Paris
  Le Vaisseau fantôme
  New York New York !
  Le Trésor sous la glace
  Destination étoiles
  La Disparue du clan MacMouse

L'Écho du Rongeur
1. Entrée
2. Imprimerie (où l'on imprime les livres et le journal)
3. Administration
4. Rédaction (où travaillent les rédacteurs, les maquettistes et les illustrateurs)
5. Bureau de Geronimo Stilton
6. Piste d'atterrissage pour hélicoptère

Sourisia, la ville des Souris

1. Zone industrielle de Sourisia
2. Usine de fromages
3. Aéroport
4. Télévision et radio
5. Marché aux fromages
6. Marché aux poissons
7. Hôtel de ville
8. Château de Snobinailles
9. Sept collines de Sourisia
10. Gare
11. Centre commercial
12. Cinéma
13. Gymnase
14. Salle de concerts
15. Place de la Pierre-qui-Chante
16. Théâtre Tortillon
17. Grand Hôtel
18. Hôpital
19. Jardin botanique
20. Bazar des Puces-qui-boitent
21. Parking
22. Musée d'Art moderne
23. Université et bibliothèque
24. La Gazette du rat
25. L'Écho du rongeur
26. Maison de Traquenard
27. Quartier de la mode
28. Restaurant du Fromage d'or
29. Centre pour la Protection de la mer et de l'environnement
30. Capitainerie du port
31. Stade
32. Terrain de golf
33. Piscine
34. Tennis
35. Parc d'attractions
36. Maison de Geronimo Stilton
37. Quartier des antiquaires
38. Librairie
39. Chantiers navals
40. Maison de Téa
41. Port
42. Phare
43. Statue de la Liberté

Île des Souris

1. Grand Lac de glace
2. Pic de la Fourrure gelée
3. Pic du Tienvoiladéglaçons
4. Pic du Chteracontpacequilfaifroid
5. Sourikistan
6. Transourisie
7. Pic du Vampire
8. Volcan Souricifer
9. Lac de Soufre
10. Col du Chat Las
11. Pic du Putois
12. Forêt-Obscure
13. Vallée des Vampires vaniteux
14. Pic du Frisson
15. Col de la Ligne d'Ombre
16. Castel Radin
17. Parc national pour la défense de la nature
18. Las Ratayas Marinas
19. Forêt des Fossiles
20. Lac Lac
21. Lac Lac Lac
22. Lac Laclaclac
23. Roc Beaufort
24. Château de Moustimiaou
25. Vallée des Séquoias géants
26. Fontaine de Fondue
27. Marais sulfureux
28. Geyser
29. Vallée des Rats
30. Vallée Radégoûtante
31. Marais des Moustiques
32. Castel Comté
33. Désert du Souhara
34. Oasis du Chameau crachoteur
35. Pointe Cabochon
36. Jungle-Noire
37. Rio Mosquito

Au revoir, chers amis rongeurs, et à bi
pour de nouvelles aventures.
Des aventures au poil, parole de Stilton, de…

Geronimo Stilton